Martin Page est né en 1975. Il est l'auteur, entre autres, de *On s'habitue aux fins du monde, La Disparition de Paris et sa renaissance en Afrique, La Mauvaise Habitude d'être soi* (avec des dessins de Quentin Faucompré). Ses livres sont traduits dans une dizaine de pays. Martin Page écrit aussi pour la jeunesse. Enfin, il a publié un roman sous le pseudonyme de Pit Agarmen : *La nuit a dévoré le monde.*

Martin Page

L'APICULTURE
SELON
SAMUEL BECKETT

Postface inédite de l'auteur

Éditions de l'Olivier

TEXTE INTÉGRAL

ISBN 978-2-7578-3913-3
(ISBN 978-2-8236-0007-0, 1re publication)

© Éditions de l'Olivier, 2013
© Éditions Points, 2014, pour la postface

« D'abord j'étais prisonnier des autres. Alors je les ai quittés. Puis j'étais prisonnier de moi. C'était pire. Alors je me suis quitté. »

S. B., *Eleutheria*

« Notre cœur se trouve là où sont les ruches de notre connaissance. Nous sommes toujours en route vers elles, nous qui sommes nés ailés et collecteurs de miel de l'esprit, nous n'avons vraiment qu'une seule et unique chose à cœur – rapporter quelque chose *chez nous*. »

Nietzsche,
Généalogie de la morale

Introduction

En septembre dernier, un incendie s'est déclaré à l'extérieur d'un entrepôt de la banlieue de Reading en Angleterre où était entreposé un des plus importants fonds d'archives consacré à Samuel Beckett. Celles-ci avaient été déménagées de leur salle de l'université de Reading quelques semaines plus tôt en raison de la présence de larves papivores d'Attagenus dans les planchers et les boiseries. Tous les manuscrits et documents avaient été désinfectés chimiquement en autoclave, puis rangés dans des cartons et déposés dans l'entrepôt. La pièce avait ainsi pu être traitée de fond en comble.

Ce sont des pétards allumés par des enfants qui sont à l'origine de l'incendie. Celui-ci a été rapidement éteint grâce à l'intervention des pompiers de la Whitley Wood Fire Station. Mais l'eau déversée sur les flammes s'est infiltrée dans le bâtiment et a imbibé les précieux cartons.

À notre grand soulagement, les dégâts se sont révélés superficiels. L'humidité étant source de moisissures et favorisant la venue des insectes pondeurs de larves, les documents ont été mis dans des sachets en plastique et congelés (dans une chambre froide louée pour l'occasion à Berkshire Meat Traders Ltd) en attendant l'arrivée des experts. Ceux-ci, diligentés par The International League of Antiquarian Booksellers (sise à Sackville House, Londres), les ont soigneusement lyophilisés un à un. L'opération a pris neuf jours et a nécessité un appel à donations pour couvrir les frais non pris en charge par l'assurance. Toutes les archives ont ainsi pu réintégrer leur salle de l'université de Reading dans un état parfait.

À l'occasion de ce remue-ménage on a découvert le journal d'un homme se présentant comme l'assistant de Samuel Beckett. Il porte sur l'été et le début de l'automne de l'année 1985. Il relate le projet de représenter *En attendant Godot* à la prison de Kumla en Suède et les événements qui y sont attachés. Cette histoire est bien connue, mais si le cœur de ce texte est véridique, l'essentiel (la fantaisie des comportements prêtés à Samuel Beckett, son apparence physique et l'épisode des archives) prouve l'esprit facétieux (ou dérangé) de son auteur.

Personne (ni Beckett lui-même, ni Suzanne, sa femme, ni Jérôme Lindon, son éditeur) n'a jamais mentionné l'existence d'un tel assistant. Cependant ce journal existe bel et bien. Le papier et l'encre sont d'époque, et certains éléments sont authentiques. Par ailleurs, ce document se trouvait au sein du lot n° 75, collection d'archives envoyée à la Samuel Beckett International Foundation de l'université de Reading en février 1989. Le bordereau porte la signature de Samuel Beckett.

Malgré le caractère insensé de ces pages il nous a semblé intéressant de les livrer à la sagacité des lecteurs qui devront les lire pour ce qu'elles sont : une œuvre de fiction à propos de faits réels.

Pr Fabian Avenarius, université de Reading

28 juin – Il s'est passé quelque chose d'étonnant aujourd'hui. Je me trouvais à compter mes petites pièces et à retourner mes poches à la caisse de la librairie Le Divan, place Saint-Germain-des-Prés, pour acheter des livres de Jacob Burckhardt et d'Edward Tylor, quand le libraire m'a demandé si je serais intéressé par un travail. Je n'ai pas hésité : je viens de rentrer en France après avoir été lecteur à l'université de Bologne pendant quatre ans (je suis censé terminer ma thèse d'anthropologie cette année) et mes finances sont au plus bas. Le libraire m'a expliqué que Samuel Beckett avait besoin d'un assistant pour l'aider à trier ses archives.

Je connais l'œuvre de Beckett, j'ai lu *Molloy* et *Godot* (je n'ai pas vu de mise en scène de cette pièce : à cause d'un dos délicat et de jambes relativement longues les théâtres me sont des lieux interdits), et je n'en reviens pas que le hasard (et sans doute mon aspect miséreux et la pitié que j'ai inspirée au libraire) me donne la possibilité de travailler pour lui.

J'ai essayé de ne pas laisser paraître mon enthousiasme. Le libraire a composé le numéro de téléphone et m'a passé le combiné. Beckett m'a répondu d'une voix rauque, et il a toussé. Je lui ai dit que j'appelais pour l'emploi. Il m'a proposé un rendez-vous. Nous devons nous retrouver demain à 14 h au Petit Café, boulevard Saint-Jacques.

Autant dire qu'il a été difficile de me concentrer pour travailler après ça. Je commence ce journal afin de ne rien oublier de cette expérience. Je vais rencontrer Samuel Beckett ! Comment se préparet-on pour un entretien d'embauche avec un écrivain célèbre ? Je n'ai pas le temps de lire ses livres ; de toute façon je doute qu'il me pose des questions sur son œuvre. Je vais m'abstenir de toute flatterie.

Reste la question de ma tenue. J'ai décidé de porter des vêtements sobres, ni trop habillés, ni trop décontractés. Et une cravate en tweed rouge et bleue.

29 juin – Je suis arrivé en avance. À l'heure dite, Beckett n'était pas là. Quelques minutes se sont écoulées. J'ai pensé qu'il avait changé d'avis. Je n'étais pas si déçu que ça, après tout j'aurais une histoire à raconter.

J'ai commandé un café, j'allais attendre encore un peu. J'en ai profité pour enlever ma cravate. Puis, changeant d'avis, je l'ai remise. Le téléphone a sonné, le patron du café derrière le comptoir a décroché. C'était Beckett et il voulait me parler. Sa voix était plus claire que la veille, je le sentais énervé mais conscient de cet énervement et tentant de se montrer aimable. Il ne pouvait pas sortir à cause d'une histoire d'abeilles. Je n'ai pas osé lui demander de détails. Nous ferions l'entretien par téléphone.

Il m'a dit, sur un ton exaspéré, que tous les dix ans il se débarrassait de ses manuscrits, notes, carnets, bouts de nappe de restaurant, tickets de métro griffonnés, et les offrait aux chercheurs avides. Il avait besoin d'assistance, il n'arriverait pas tout seul à mettre de l'ordre dans ses papiers. J'ai dit que ça m'intéressait et que, grâce à mes études, j'avais une certaine pratique des archives. Il m'a posé des questions sur ma thèse, mes passions, mon parcours. Cela a pris en tout et pour tout deux minutes (d'après l'horloge publicitaire accrochée au-dessus du bar). Il m'a annoncé qu'il m'engageait pour dix jours (payés le triple du minimum légal).

« Quand pouvez-vous commencer ? Le plus tôt sera le mieux, j'aimerais que ce soit réglé avant le retour de Suzanne. Elle est chez une amie pendant quelques jours. »

J'ai répondu que j'étais libre dès maintenant. Il a eu l'air enchanté. Il m'a assigné une première mission : acheter quatre grosses boîtes en carton (elles devaient être assez grandes pour que quelqu'un puisse s'y agenouiller, m'a-t-il précisé). Il a ajouté un sandwich au poulpe à la commande. J'ai noté l'adresse du traiteur grec et de son appartement.

Moins d'une heure plus tard, j'ai sonné à la porte de l'appartement du boulevard Saint-Jacques. Beckett est venu m'ouvrir. J'ai d'abord cru m'être trompé de porte car je n'avais pas face à moi l'homme dont j'avais vu le portrait dans les journaux : il avait les cheveux longs et une barbe. Il portait une chemise en soie à fleurs, un pantalon noir en coton, des chaussons à motifs écossais et une casquette de capitaine de navire marchand. Il m'a serré la main vigoureusement et, avant même de m'inviter à entrer, a mis des billets de banque dans ma main (mon salaire). Je lui ai donné le sandwich.

Le désordre considérable de l'appartement ne manquait pas de charme. On se serait cru dans l'arrière-boutique d'un bouquiniste. Il y avait une bibliothèque dans chacune des trois pièces (et dans la cuisine une collection d'ouvrages de gastronomie) ainsi que des livres sur le sol, le canapé, la chaîne hi-fi. Ils semblaient être les vrais meubles de l'appartement. Beckett n'avait pas de bureau : il travaillait à la table de la cuisine ou à celle du salon dont la grande fenêtre s'ouvrait sur les tilleuls du boulevard. Un peu partout s'élevaient des montagnes de papiers et de carnets.

Tout en mangeant son sandwich (des tentacules dépassaient du pain comme si le poulpe essayait de s'échapper), Beckett s'est excusé de n'avoir pas pu venir au rendez-vous. « Un problème avec une ruche. » Il a vu mon regard étonné et il m'a expliqué qu'il avait six ruches sur le toit.

Nous nous sommes installés à la table de la cuisine. C'est une petite table couverte de carreaux peints dans des couleurs automnales. Beckett s'est moqué des institutions qui se disputaient ses archives : c'était ridicule. Je crois que ça le gênait d'être l'objet d'une telle attention. Il a terminé son sandwich et m'a proposé de partager un chocolat chaud. Il a cassé un tiers de tablette dans une casserole, il a ajouté le lait, puis une gousse de vanille. Une fois le chocolat chaud, il a mis un peu de lait froid. Nous avons bu en silence. Beckett avait de la crème sur sa barbe. Je lui ai fait un signe. Il l'a essuyée avec le dos de sa main.

Nous avons employé le reste de l'après-midi à trier ses papiers. Nous avons rempli les boîtes à destination de l'université de Reading (Royaume-Uni), du Harry Ranson Research Center de l'université d'Austin (Texas), de Trinity College (Dublin) et de l'université Washington à Saint-Louis (Missouri). Aussi équitablement que possible (en quantité et en qualité). Nous nous sommes arrêtés à 19 h.

Je viens de rentrer chez moi et je suis encore plein de l'énergie de cette après-midi. J'habite une chambre au dernier étage d'un immeuble de la rue de Maubeuge, près de la gare du Nord (la rue n'est pas belle, mais elle est très bien située). Je m'y plais. Le mobilier se limite à un bureau et un canapé-lit. La fenêtre s'ouvre vers le ciel. Comme il n'y a pas de volets, je me réveille avec le jour.

30 juin – Nous avons terminé à 17 h. La rapidité de notre travail a posé un problème à Beckett. Il a paru embêté : « Je vous ai payé pour dix jours. »

Je lui ai dit que je pouvais le rembourser et j'ai porté la main à ma poche.

« Non, non. Mais il faut que ce soit juste. Je ne jette pas l'argent par les fenêtres. »

Il a réfléchi à une solution. Il a fermé les boutons de son gros gilet en laine orange torsadé qui lui donnait l'allure d'un hippie. Il s'est allongé sur le parquet pendant deux minutes. Puis il s'est relevé et il a soulevé des objets (tasse, statuette aux gros yeux, dictionnaire, disque) comme si la solution se trouvait dans leur poids. Il semblait avoir besoin de mettre son corps en action pour accompagner sa réflexion. Il est allé se brosser les dents. Il m'a retrouvé dans le salon.

« Ils veulent des archives ? Alors je vais leur en fabriquer. » Un sourire est apparu sur ses lèvres.

C'est ainsi que Samuel Beckett m'a enrôlé dans sa fabrication d'archives. C'était une farce, j'étais payé pour y participer et je côtoyais un grand écrivain. Que demander de plus ? Mon statut d'anthropologue me rapprochait des chercheurs qui collectaient tous les documents possibles le concernant. Mais j'allais jouer contre mon camp et j'en étais heureux. Je me retrouvais du côté du spécimen, un spécimen rétif et malin qui était actif face aux constructions que l'on ferait de lui dans le futur.

« À quoi est-ce que tout cela sert finalement ? »

m'a-t-il demandé en désignant les quatre gros cartons au milieu du salon.

Nous avons parlé de cette mode des institutions qui récupèrent les archives des écrivains. Ça n'avait plus le même sens qu'avant : n'importe quel écrivain débutant organise consciemment la mémoire de ce qu'il léguera aux chercheurs (il a cité l'exemple de Gide, recopiant les courriers qu'il envoyait à ses correspondants pour une édition future, j'ai parlé de Freud, détruisant les lettres compromettantes). L'autocensure et la manipulation sont la norme des archives. Beckett pensait que cet appétit pour la cellulose était dénué de toute valeur scientifique. C'était un pur désir de possession, quelque chose qui avait plus à voir avec le fétichisme qu'avec la recherche universitaire.

« Il faut prendre les archives comme une fiction construite par un écrivain et non comme la vérité, a-t-il dit. Et que nous dit cette fiction ? Voilà le travail des chercheurs. »

Je me suis souvenu que Beckett avait lui-même failli devenir universitaire. Étudiant brillant, c'était l'existence à laquelle il se destinait. Il connaissait bien ce monde. J'ai voulu savoir s'il n'avait pas peur de troubler l'interprétation de son œuvre en donnant de fausses informations sur sa vie.

« On ne sait rien de la vie d'Homère, pas grand-chose de celle de Cervantès, de Shakespeare et de Molière, cela n'empêche pas ces auteurs d'être universels et de donner lieu à des livres critiques. La vie personnelle est très surestimée. »

Il s'est approché de la bibliothèque. Sa manière

de se mouvoir me rappelait un chat distrait, agile de sa maladresse, qui bute et se reprend. Il a pris *Don Quichotte* et l'a ouvert au hasard pour lire une ligne ou deux, puis il l'a remis à sa place.

« Ce qui compte, c'est la biographie de ceux qui lisent mes livres, plus que la mienne. Les universitaires feraient mieux d'enquêter sur leur propre vie s'ils veulent comprendre quelque chose à mon œuvre. »

Ses longs doigts ont attrapé une cigarette dans la poche de son gilet. Il l'a allumée avec une allumette et l'a posée sur le cendrier. Il n'a pas tiré dessus. Visiblement il n'avait pas l'intention de la fumer.

« Étudier ma vie est un moyen de ne pas voir ce qui se joue dans la leur et que mes livres tentent de révéler. »

Je comprends son point de vue, mais comme anthropologue j'y vois aussi un mécanisme de défense : je sais combien les gens acceptent mal qu'on leur dise à quel point leur vie, leurs origines déterminent ce qu'ils sont et ce qu'ils font. Surtout les artistes qui ont ce fantasme d'être des créateurs incréés. Je ne dis pas que c'est le cas de Beckett. Au contraire, j'ai l'impression qu'il sait d'où il vient et que c'est parce qu'il n'a pas l'illusion d'être imperméable aux déterminismes qu'il arrive à les dépasser. Sa vie est une matière donnée, il la travaille, il ne la fétichise pas. Dans le cendrier, la cigarette se consumait. Comme elle allait s'éteindre, Beckett a soufflé dessus et l'a retournée. La combustion a continué.

J'ai dit : « Alors vous êtes du côté de Proust contre Sainte-Beuve. »

« Je ne suis du côté de personne, a-t-il répondu. Il ne faut pas choisir. Proust s'est élevé contre Sainte-Beuve, il s'est affirmé ainsi, il s'est créé. C'est de la mauvaise foi bien sûr. Mais il nous a appris une chose importante : il faut se méfier des apparences. »

Il m'a dit de revenir demain à 9 h.

Ce soir, je vais me consacrer à la rédaction du dernier chapitre de ma thèse. Alors même qu'il fait nuit noire, ma journée n'est pas terminée.

1er juillet - Aujourd'hui nous avons fait des courses pour constituer les archives inventées. Il s'agissait d'acheter des choses à la limite de l'excentrique et du vraisemblable. Que les universitaires ne se doutent pas de la blague mais soient tout de même troublés.

J'ai retrouvé Beckett en bas de chez lui. Il nous avait préparé des sandwichs à l'avocat et une gourde d'eau. Nous avons emprunté les rues au hasard. Comme chaque début d'été, Paris se vidait. Certains magasins étaient fermés, stores baissés, un écriteau indiquant la date de réouverture. L'air avait un parfum de vacances et même chez ceux qui restaient et travaillaient on remarquait une légèreté nouvelle. La promenade était agréable, il faisait chaud. Beckett portait une chemise hawaïenne rouge avec des feuilles de palmier vertes et jaunes, un bermuda et des chaussures en tissu bleu.

Nous sommes passés devant un sex-shop. J'ai dit à Beckett que nous pourrions commencer là. Je crois qu'il était perdu dans ses pensées. Quand il s'est aperçu qu'il avait face à lui un présentoir de godemichés, il a eu un moment d'absence et a éclaté de rire. J'ai fait mine d'en prendre un mais il a dit « vous plaisantez j'espère ». Il semblait fasciné (je ne l'étais pas moins) par ce monde de couleurs, de chairs exhibées, par les sexes, les seins et les poupées en plastique, par les objets lascifs électriques et la collection de vidéos pornographiques. Il a désigné la vidéothèque et a dit « une si grande variété pour une chose si répétitive. C'est très intéressant ». Puis, plus bas, à mon oreille, pour que la vendeuse au comptoir ne l'entende pas : « Cela a un côté étalage de viande, c'est du travail à la chaîne, ces jeunes gens sont transformés en steak haché pour les fantasmes des spectateurs. Le capitalisme jusque dans le cul. C'est tellement le contraire du christianisme que ça lui ressemble. Les deux faces d'une même pièce. »

Nous avons déambulé dans les rayons pendant une dizaine de minutes. Beckett n'en revenait pas. Il s'intéressait surtout aux gadgets sexuels. « Là il y a du jeu, ça me plaît. L'imagination peut s'en saisir. Bien sûr, ce n'est pas pour moi, je suis d'une génération trop conservatrice. Mais si j'étais plus jeune… » Finalement son choix s'est porté sur des poppers et quatre exemplaires d'un film érotique (« et littéraire » a-t-il précisé : c'était une adaptation orgiaque de *Roméo et Juliette*). La vendeuse a emballé les articles sans reconnaître Beckett. Sa barbe, ses cheveux longs et ses vêtements sont un camouflage parfait.

L'aventure a continué. Nous regardions les vitrines des boutiques en quête d'inspiration. Tout à coup, le visage de Beckett s'est illuminé : il allait donner de la matière aux chercheurs concernant ses voyages. « Brouillons les cartes ! » L'étape suivante fut donc la gare Montparnasse. Au comptoir, il a demandé des billets qui correspondaient à un tour de France et des billets aller-retour pour des destinations étranges (Millau, Guérande, Berck et Savigny-sur-Orge).

La collecte de fausses archives était excitante.

J'avais l'impression que nous étions en train de peindre un tableau, d'ajouter des couleurs à une toile.

Beckett a dit : « Les universitaires comprendront mieux mon œuvre grâce à toutes ces fausses informations. »

Il me semble que c'est un point de vue très optimiste. Je suis bien placé pour savoir que les intellectuels sont doués pour ne voir que ce qui les arrange. Ce qui ne correspond pas à l'idée qu'ils ont de leur objet d'étude leur est invisible. Je fais le pari qu'ils ne verront pas ce que Beckett aura ajouté à ses archives. Pas avant plusieurs décennies après sa mort en tout cas.

Devant son immeuble, Beckett a décrété que nous devions aller aux Galeries Lafayette. Il s'est approché d'une barrière en métal qui faisait office de garage à vélos et a détaché un vieux vélo hollandais pourvu d'un panier.

« Vous prendrez le vélo de Suzanne. » Il m'a indiqué un vélo rouge et m'a lancé la clé de l'antivol.

Sans se rafraîchir, le temps avait viré au gris. J'ai pensé qu'il risquait d'y avoir une averse. Finalement il n'y a eu qu'un peu de bruine. L'air était doux, le trajet a été enivrant. La ville devenait un terrain de jeu. L'ambiance me rappelait celle de mes années à Bologne. Beckett se révélait un cycliste prudent, qui faisait des signes de la main pour me prévenir de l'arrivée d'une voiture, d'un défaut de la route ou d'un autre danger. Quand nous sommes passés près du square Louvois il m'a crié : « Fermez la bouche ! C'est un repaire à moucherons. » Et, en effet, plusieurs se sont collés à mon visage.

Les Galeries Lafayette sont sans doute le plus grand magasin de France. Sur cinq étages, il y a tout ce dont on rêve et ce dont on n'a pas idée. Nous nous sommes promenés, remplissant nos sacs au gré des rayons et de l'inspiration. Beckett trouvait que ça ressemblait à une bibliothèque. Nous avons acheté des carnets à dessin, des pastels de couleurs, des fleurs séchées, un manuel d'exercices physiques (*L'Éducation physique ou l'entraînement complet par la méthode naturelle*, de Georges Hébert), des guides de conversation en hébreu, japonais, catalan et quechua, du thé fumé, de fausses moustaches et des menottes en plastique. Ça avait un côté « courses de Noël ». En sortant nous nous sommes arrêtés à un kiosque pour acheter des magazines sur le nautisme, la décoration intérieure et les jeux de rôles.

Nous sommes rentrés vers 16 h. Beckett a insisté pour que nous prenions un goûter (« Quatre repas par jour sinon la journée est gâchée »), à savoir un chocolat chaud (meilleur encore que celui d'il y a deux jours car préparé avec la base déjà faite) et des tartines de beurre salé. Il m'a avoué, navré, qu'il n'avait plus de miel. Mais la première récolte de l'année ne tarderait pas. Je suis curieux d'en savoir plus à propos des ruches sur le toit.

(Tellement de choses se sont passées aujourd'hui. Je suis embarqué dans une expérience qui me passionne et m'étourdit. Je prends ces notes pour être sûr que je n'ai rien inventé. La mémoire est une chose vivante dont il faut se méfier.)

Sitôt le goûter terminé, nous nous sommes attelé à transformer en archives ce que nous avions acheté.

Beckett a ouvert la boîte de pastels et a dessiné des corps de femmes sur les carnets, avec un certain talent. J'ai froissé les magazines pour faire croire qu'ils avaient été lus, j'ai souligné certains passages du manuel d'exercices physiques et des méthodes de langue. Puis nous avons assaisonné les quatre cartons de nos achats fantaisistes. Il s'agissait de bien les mêler à la masse de documents sérieux. Ça a été réjouissant. Beckett a éclaté de rire plusieurs fois (il a un talent pour le rire, et même quand il parle sérieusement on sent toujours une ironie et une autodérision). Construire des archives n'est pas l'affaire d'une vie, mais (si on s'organise bien) de quelques jours.

Nous avons fermé les cartons avec du scotch. J'ai aidé Beckett à transporter les cartons à la poste. Comme il y en avait pour plusieurs dizaines de kilos, nous avons emprunté la remorque de la gardienne (elle s'en sert pour promener son beau labrador paralysé). Quand l'homme au guichet a annoncé le total des frais d'envoi, Beckett a ouvert la bouche, visiblement interloqué. Il a contemplé les quatre cartons en partie remplis de faux souvenirs et de choses inventées. Il a souri et il a dû se dire que ça valait le coup. Il a sorti une liasse de billets de la poche de sa veste (Beckett déteste les banques et les banquiers, par conséquent il ne s'y rend pour prendre de l'argent qu'une fois tous les trimestres, une patte de lapin dans la poche pour se protéger) et il a payé. Il a choisi des timbres d'animaux. Le stock de timbres de collection y est passé. Il a fallu compléter avec des timbres normaux.

Sur le chemin du retour, Beckett a décrit la réaction des universitaires qui découvriraient nos petites surprises. Ça le faisait rire aux larmes. Une fois chez lui, il a mis les bols vides dans l'évier de la cuisine et m'a tendu ma veste. Il ferait appel à moi de façon occasionnelle pour que je puisse finir mon contrat.

Il ne fallut pas attendre longtemps. Alors que je mettais ma veste et que je m'apprêtais à partir, le téléphone a sonné. Beckett s'est figé. Il m'a fait signe de décrocher.

C'était Jan Jonson, un acteur et metteur en scène suédois (célèbre, j'ai vérifié tout à l'heure, pour avoir monté le *Henri VI* de Shakespeare à la télévision et adapté des discours de Saint-Just en comédie musicale). Il avait eu le numéro par Carl Gustaf Birger Bjurström, traducteur de Beckett qui entretient une correspondance avec l'écrivain et vient le voir à Paris de temps en temps.

Après avoir donné le nom et la fonction de l'importun à Beckett, je lui ai passé le combiné du téléphone.

Tout en étant courtois, Beckett est peu disert au téléphone. Je crois qu'il sait que s'il était plus chaleureux, ses interlocuteurs y verraient un prétexte pour lui faire perdre son temps. La distance de Beckett est une simple question d'écologie personnelle. Il résume cela par une formule : « Quand on est jeune on a du temps mais pas d'argent, quand on est vieux c'est le contraire. Et dans tous les cas on dépense n'importe comment. »

Jonson s'est présenté et lui a expliqué son projet : il désirait monter *En attendant Godot* dans une prison suédoise. C'était l'endroit idéal, les acteurs rêvés. Son bruyant enthousiasme obligeait Beckett de temps à autre à écarter le combiné de son oreille. Celui-ci a fait « hum hum ». Le metteur en scène ne savait pas si c'était un assentiment. Il y a eu un silence et Beckett a dit : « Pourquoi pas la prison. »

Par là, il voulait signifier (c'est mon hypothèse) que la prison n'est pas hors du monde et qu'il n'y a pas de raison que sa pièce ne puisse y être jouée.

Le metteur en scène a explosé de joie, en anglais et en suédois. Beckett a fait une grimace. Jonson avait toutes les autorisations nécessaires. L'État suédois est ouvert aux expérimentations et aux programmes de réinsertion. Et puis Beckett est célèbre. Il le doit aussi à ce prix Nobel qu'il n'est pas venu chercher il y a quinze ans. C'est presque un enfant adoptif de la Suède. Sans doute espère-t-on qu'il viendra à Stockholm. Qu'il fera cet honneur.

En me raccompagnant à la porte, Beckett m'a dit qu'il n'en avait aucunement l'intention. Il se tient à distance, il ne laissera personne approcher qui le considérerait comme un « personnage ». La plupart de ses amis sont des êtres qu'il connaît depuis des décennies, qu'il a rencontrés pendant ses longues années de vaches maigres. Les mondanités lui font horreur. Il a exclu les parasites. Il a sa femme et ses amis. Le monde est ainsi peuplé.

En rentrant, je suis sorti du métro à Château-d'Eau pour faire un peu de marche. Le boulevard de Strasbourg à cette hauteur est un quartier africain, avec restaurants, salons de coiffure, épiceries. Je suis remonté vers le nord en prenant des petites rues et je suis tombé sur une chaise abandonnée près des poubelles. Je l'ai embarquée : elle remplacera avantageusement le tabouret de mon studio.

6 juillet – Beckett m'a appelé à 8 h ce matin pour me demander de venir chez lui avec des croissants au beurre. Nous avons pris le petit déjeuner ensemble. Il avait envie de parler. Il m'a dit qu'il n'allait s'intéresser que de loin au projet de Jan Jonson. Sa pièce, il l'avait écrite il y a longtemps, maintenant c'était celle du metteur en scène, il ne comptait pas y mettre son nez. Le choix d'une prison pour jouer la pièce, ça en disait plus sur Jonson, sur la Suède, que sur *En attendant Godot*. (Je ne suis pas d'accord avec lui sur ce point, mais je n'ai pas osé le contredire.)

Jan Jonson avait envoyé une lettre pour le tenir au courant de l'avancée du projet. Beckett me l'a lue. Jonson y raconte le jour où il est entré dans la prison de Kumla la première fois, l'émotion ressentie en même temps que la claustrophobie et la panique. Beckett a eu une remarque étrange à ce propos : il a dit qu'il fallait du courage pour être un prisonnier, « même si on n'a pas le choix, il faut du courage : la prison ce n'est pas simplement la suppression de la liberté de mouvement, c'est un changement de la gravité atmosphérique et de la composition de l'air, comme si les murs ne se contentaient pas de vous entourer mais qu'ils écrasaient votre peau et votre pensée. On a l'impression à la fois d'être sur le point d'exploser et de ne pas avoir d'espace pour exploser ». (Je me demande d'où Beckett tient ça, comment il peut avoir une telle perception d'une chose qu'il n'a pas connue.)

Jonson avait joint des photos à son pli. De la prison : les murs extérieurs gris ornés de graffitis politiques, d'affiches de groupes de rock locaux, la large porte en métal cloutée, la lampe ronde au-dessus de l'entrée. Du directeur de la prison : un grand homme au large front rectangulaire dont le bureau est orné de reproductions de tableaux de Van Gogh et de coupes de triathlon. Il ne souriait pas, il semblait sérieux et professionnel. Il y avait des photos de la salle de loisirs où se jouerait la pièce : murs jaunes, plafond bas, une estrade avait été montée, des chaises installées.

Je regarde ma chambre sous les toits et je ne peux m'empêcher de penser à une cellule. Mais le confort y est meilleur et j'ai la liberté d'en sortir. Je ne suis pas un prisonnier. C'est plutôt une cellule de moine.

Il est temps de me remettre à ma thèse. Je ne crois pas qu'être l'assistant de Beckett trouble ma concentration, au contraire je sais que ça enrichit mon travail universitaire, je me sens l'esprit plus affûté. Je crois que certains êtres humains ont des vertus pharmacologiques.

15 juillet – Beckett m'a demandé de l'aider à scotcher les photos. Il en a reçu de nouvelles, en particulier des détenus qui joueront la pièce. Nous les avons fixées sur le seul mur du salon dépourvu de bibliothèque. Les photos forment comme une fenêtre vers la Suède et la prison de Kumla. Il y aurait eu de quoi se satisfaire d'un projet humaniste. Mais c'était sans compter sur l'esprit de contradiction de Beckett :

« Et les autres prisonniers ? »

(Il emploie toujours le mot « prisonniers » à la place de celui de « détenus », comme si ces hommes avaient été capturés lors d'une guerre ou pour des actes de résistance. Un peu plus tôt, il m'avait dit « ceux qu'on appelle des condamnés sont d'abord des pauvres, condamnés à la pauvreté, la prison c'est une peine ajoutée à la peine ».)

Évidemment il n'y avait que cinq acteurs puisqu'il n'y a que cinq personnages (dont deux principaux). Une audition avait eu lieu, le metteur en scène avait fait un choix.

« C'est encore une occasion d'exclusion, a dit Beckett. Comme si ça ne suffisait pas. »

Si l'idée que sa pièce soit jouée en prison avait fini par lui plaire, en revanche il prenait très mal que cela implique une sélection.

« Ce n'est pas juste. Devraient jouer ceux qui ont envie de jouer. »

Mais comment faire ? Instaurer un tour, chaque détenu ne jouant que dans une seule représentation ?

« Je peux ajouter des personnages. Oui, je vais faire ça. Pour que personne ne reste sur la touche. »

L'idée de créer de nouveaux personnages l'a obsédé pendant une bonne heure. Il a marché de long en large dans le salon en leur trouvant des noms : John, Simon, Fabio, Gwen, Kyung Hong, Selim, Luciole, Jin Ho, Javier, Sven. Il allait ajouter des personnages dans sa pièce comme des passagers clandestins. Il a appelé Jan Jonson pour lui exposer son idée. Mais celui-ci a refusé : il voulait monter le *En attendant Godot* original. Beckett s'est énervé. Mais le metteur en scène a répliqué par un argument auquel Beckett ne pouvait s'opposer : c'était sa pièce désormais. Il était seul maître à bord. Beckett s'est incliné.

Il y a quelque chose de troublant à fréquenter Beckett et à constater que c'est quelqu'un de normal. Il ne parle pas comme un livre, il ne joue pas à l'écrivain. La timidité que j'ai pu ressentir a maintenant complètement disparu.

Je laisse là ce journal pour ce soir, je n'ai pas encore dîné et je meurs de faim. Je ne vais pas échapper à quelques heures de travail. J'ai reçu un coup de fil de mon directeur de thèse : il m'a rappelé que je n'ai plus beaucoup de temps.

28 juillet – Cela faisait presque deux semaines que je n'avais pas eu de nouvelles de Beckett. Je commençais à me dire qu'il n'avait plus besoin de moi. Finalement, mon téléphone a sonné après le déjeuner. Pour une fois, j'étais chez moi dans la journée (chose que j'évite habituellement de faire : dans une chambre mansardée, la chaleur devient vite difficile à supporter – mais aujourd'hui le temps était doux). Beckett m'a demandé de le retrouver sur le toit de son immeuble. J'étais encore en pyjama, plongé dans mes livres d'anthropologie et mes notes. Je me suis douché et habillé, et j'ai couru pour attraper le bus 38.

Une porte au dernier étage s'ouvre sur un escalier en colimaçon, étroit et grinçant, qui mène au toit. Celui-ci, en zinc couvert de traces d'oxydation, est plat et large. Les mansardes arrêtaient le vent. Ce doit être un endroit idéal pour méditer : on a une belle vue sur Paris. Le ciel était clair et le soleil brillait sans agressivité. Beckett portait une combinaison blanche et un masque d'apiculteur. Il a montré du doigt mon propre costume. Je me suis habillé. Nous avions l'air d'astronautes. Les six ruches formaient une allée au milieu du toit. Je me suis avancé. Beckett a sorti un rayon d'une ruche. Des centaines d'abeilles se promenaient dessus. Certaines volaient et se posaient sur nous. Beckett a approché le rayon pour que je puisse l'observer. Le miel scintillait.

« J'ai besoin des abeilles pour me rappeler que des choses merveilleuses sont possibles. »

Il avait acheté ces ruches huit ans plus tôt, à un moment où il traversait une période dépressive.

S'occuper d'autre chose que de ses écrits et de ses angoisses l'avait sorti de l'asthénie. L'apiculture était devenue une éthique.

« Nous devons être à la hauteur des abeilles. Être des alchimistes et faire notre miel. »

Beckett m'a parlé des femmes-abeilles, prêtresses de l'oracle des Thries (dont Hermès, le dieu des voleurs, des voyageurs, le messager des dieux et le conducteur des âmes aux Enfers, était le maître). L'oracle des Thries n'était pas aussi performant que l'oracle de Delphes, il livrait davantage des intuitions que des solutions et des prédictions. « Les abeilles sont les créatures d'Hermès, nous avons à apprendre d'elles. Toute chose est une fleur dont nous devons faire notre miel », a dit Beckett.

Il avait constaté ce fait étrange : ses ruches fournissaient du miel à profusion alors même qu'elles se trouvaient en plein centre-ville. Cela l'avait obligé à regarder différemment Paris et à s'apercevoir qu'il y a des fleurs et des végétaux partout. Pour une abeille, la ville c'est la nature (d'autant plus qu'il n'y a pas de pesticides). Depuis il se sentait toujours un peu à la campagne, même parmi la foule des jours de soldes et la circulation automobile.

Il a terminé son inspection des ruches (enlevant des feuilles et des brindilles) et nous sommes redescendus. Une fois dans la cuisine, il a préparé un chocolat chaud et m'a donné les dernières nouvelles.

Caritas, une association humanitaire, avait fait don de vêtements pour servir de costumes aux détenus-prisonniers. Des vêtements bien coupés et de bonne qualité, on le voyait sur les photos envoyées par

Jonson. C'était paradoxal car les propres vêtements des prisonniers auraient fait de bien meilleurs costumes que ces habits chic des bourgeois du coin.

La question des costumes était importante pour Beckett :

« Vous saviez que les acteurs anglais avaient récupéré les costumes des prêtres catholiques après la rupture de Henri VIII avec le pape ? Un costume n'est pas innocent. Les acteurs auraient dû refuser les habits ecclésiastiques car, depuis, la religion a fait irruption dans l'art. La croyance, l'esprit de sérieux et le dolorisme sont devenus notre malédiction. »

Le chocolat a menacé de déborder, Beckett a éteint le gaz et nous a servis. Cette fois-ci, il l'avait parfumé à la cannelle. Nous avons penché le visage vers notre bol. Ça sentait bon, mais c'était un peu chaud.

Beckett pensait que c'était une bonne chose d'offrir des habits d'hommes libres à des prisonniers. Mais, a-t-il remarqué, c'était aussi des habits de chrétiens, et il redoutait cette influence. Il a bu une petite gorgée de chocolat. Il a relevé la tête pour dire :

« J'ai une idée. »

Il a commencé à se déshabiller. Il a déboutonné sa chemise et enlevé ses chaussures. Je ne savais pas comment réagir. Était-ce un épisode de démence sénile ? Il a jeté sa chemise à terre et défait son pantalon. Il était en caleçon et en chaussettes.

« Je vais leur donner mes propres vêtements. »

Il a quitté le salon. Je l'ai entendu qui ouvrait un placard. Il est revenu les bras chargés d'habits. Il avait l'intuition que c'était la chose à faire. Et puis, il les trouvait plus seyants que les vêtements des bourgeois de Caritas. Il a téléphoné à Jonson et lui a dit qu'il lui expédiait les costumes : les comédiens devaient impérativement les porter. Le metteur en scène a accepté. Il a senti dans la voix de Beckett que cette exigence était non négociable.

À la poste, Beckett a sorti avec joie l'argent pour régler les frais d'envoi.

Je suis rentré chez moi en fin d'après-midi. J'ai acheté un paquet de pâtes et une boîte de sauce tomate au Monoprix (nous sommes loin de la qualité des produits italiens) et j'ai dîné en écoutant la retransmission d'un concert de Kurt Weill à la radio. Il est presque minuit. J'écris ces lignes pour ne pas avoir à ouvrir mes livres d'anthropologie. Ce journal est ma pause, dans le processus harassant de l'écriture de ma thèse. Mais j'ai l'intuition que ce que je vis, ce que j'entends, en fréquentant Beckett, m'influence et m'enrichit. C'est une expérience à la fois fascinante et à hauteur d'homme. Je ne veux rien en laisser échapper.

31 juillet – Beckett m'a fait venir pour l'aider à mettre en place l'abri pour les ruches : un violent orage était prévu l'après-midi. Des nuages noirs occupaient le ciel.

Tandis que nous ajustions les piquets et fixions le toit en bambou, Beckett m'a raconté que des journalistes avaient eu vent de l'initiative de Jonson. Ils avaient tenté de lui arracher une interview. Bien sûr il avait refusé : il se tenait à distance des journalistes. Ceux-ci l'avaient ignoré et méprisé à ses débuts (« Et pendant vingt ans ! »), et aujourd'hui ils n'étaient que flatterie et vénération. Qu'ils aillent au diable. Le journaliste qu'il avait eu au téléphone avait commencé à discourir sur la prison comme d'une métaphore. Ça énervait Beckett.

« Je ne supporte pas les discours sur le mode "nous sommes tous en prison, chacun habite sa cellule, la liberté est une illusion". Croyez-moi, la prison réelle c'est autre chose, c'est d'une autre nature que nos propres prisons mentales et sociales. L'oublier, c'est abject. »

Il a ajouté : « Il a essayé de me faire dire que ma "célébrité" est une prison. L'idiot. On ne peut pas employer ce mot à tort et à travers. On ne peut pas. »

Ses cheveux lui arrivaient maintenant sous les épaules et sa barbe avait gagné en volume. En plaisantant il m'a fait remarquer qu'il ressemblait au Père Noël. Moi je trouvais qu'il ressemblait à un poète. Sa barbe arrondissait son visage. Il avait bien plus d'allure que sur ces photos pour la presse où il est imberbe et le cheveu court.

Quand il s'agissait d'être pris en photo ou d'assister à une obligation sociale à laquelle il n'avait pu échapper, il rasait sa barbe, faisait couper ses cheveux et mettait des vêtements sobres. Ceux qui connaissent vraiment Beckett savent qu'il est très différent de cette image sérieuse en noir et blanc qu'il donne au monde. Tout ça était parfaitement pensé, m'a-t-il dit : il construisait une image d'Epinal du « Samuel Beckett écrivain ». C'était une manière de jouer avec le système. Il jetait une image en pâture à la renommée. Pour s'en sortir il faut être connu, et pour être connu il faut être reconnu, c'est-à-dire identifiable, être un personnage, une fiction. *Esse est percipi.* Mais on n'est pas obligé d'être son personnage : on peut mentir et enlever le costume une fois rentré chez soi. Il m'a parlé de Proust et de ses difficultés à être publié parce que, pour beaucoup de gens (Gide en particulier), il était un être sans consistance. On n'imaginait pas qu'il ait pu créer une œuvre profonde. Beckett a conclu en disant : « On nous juge sur notre renommée sociale, notre aspect physique et notre comportement, davantage que sur ce que nous créons. »

Nous avons terminé d'installer l'abri pour les ruches et nous sommes redescendus dans l'appartement. (L'orage éclate alors que j'écris ces lignes dans mon lit. J'ai une pensée pour les abeilles, je suis rassuré de savoir qu'elles sont protégées.) Quand Beckett a rangé les tenues d'apiculture dans le placard, j'ai aperçu des vêtements colorés et des chapeaux étranges. Il m'a expliqué qu'il aimait les costumes et les habits. Mais impossible de révéler cette passion quand il était encore un jeune auteur : on ne l'aurait pas pris au sérieux si on avait su qu'il aimait se balader en vêtements traditionnels coréens, qu'il collectionnait les chapeaux exotiques et les colliers de perles. Maintenant qu'on le considérait comme un grand artiste, il était trop tard. Il avait créé son personnage. Personne ne prendrait au sérieux sa fantaisie.

« Après ma mort peut-être certains comprendront que l'excentricité est le cœur de mon œuvre. »

J'ai pensé qu'il faudrait bien davantage que sa mort : il faudrait la mort de tous ceux qui auront connu Beckett, tous les fans enamourés, tous les gardiens du temple et leurs élèves. On devra oublier Beckett pour le redécouvrir et le lire comme il devrait être lu, sans la pollution de la renommée et de la réputation qui l'entoure aujourd'hui. Tout artiste est kidnappé. C'est lui rendre sa liberté que de l'oublier régulièrement, pour poser des yeux neufs sur son œuvre.

7 août – Je travaille pour Beckett depuis quelques semaines et j'ai l'impression de le connaître depuis des années. Il se comporte comme si nous étions intimes. Je ne me fais pas d'illusions : je sais que nous ne sommes pas amis et que notre relation ne va durer que le temps de notre contrat, mais il a l'élégance de se conduire avec moi comme si nous l'étions. Je n'ai jamais croisé Suzanne. Il doit estimer que ce n'est pas nécessaire. Elle rend souvent visite à des amis, Beckett est plus sédentaire.

Bologne me manque, et surtout mes amis là-bas. Depuis mon arrivée à Paris, je suis solitaire : je ne connais personne ici (je suis originaire de la lointaine banlieue et je n'ai pas envie d'y remettre les pieds) et mes talents pour lier connaissance sont limités. Il me faudra du temps avant d'avoir des amis. Pourtant, j'aime la vie à Paris. Je parle ma langue maternelle et je peux marcher des heures en étant toujours surpris par la beauté de la ville et par son énergie mêlée de douceur de vivre.

Quand je ne suis pas chez Beckett (ou sur le toit de son immeuble), à discuter avec lui, je travaille à la bibliothèque Sainte-Geneviève en face du Panthéon, à la Bibliothèque nationale, rue de Richelieu, et à la bibliothèque d'anthropologie, près du Jardin des Plantes. Je lis et je rédige aussi dans des cafés et des brasseries. Je n'ai pas encore épuisé l'argent que m'a donné Beckett. De temps en temps, je m'offre un dîner dans un des restaurants indiens de la rue Philippe-de-Girard, mais je fais surtout mes courses à la fin du marché Barbès quand les vendeurs bradent les fruits et les légumes invendus.

Mon loyer est dérisoire (tout comme le confort de ma chambre). C'est une vie qui me convient, une vie comme en attente. Je sais que bientôt je vais rencontrer des gens, me faire des amis, avoir une existence sociale. Pour l'instant, je profite de cet état d'apesanteur. C'est une époque enchantée, uniquement parce qu'elle doit se terminer un jour.

24 août – Beckett m'a appelé aujourd'hui après presque trois semaines sans nouvelles. J'ai frappé à sa porte, il m'a crié d'entrer. Je l'ai trouvé devant le mur de son salon, regardant les photos des prisonniers. Il a eu cette réflexion : « Il n'y a que des hommes dans *Godot*. Il était logique que cette pièce soit jouée dans un des rares endroits à ne pas être mixte. Maintenant que j'y pense, c'est évident. L'absence des femmes en est encore plus importante. »

Je l'ai senti heureux d'avoir fait cette découverte. Jonson informait Beckett de l'avancée des répétitions (Beckett m'a confié un paquet de lettres à lire) et de l'état d'esprit des acteurs. Selon ses propres mots, ceux-ci revenaient à la vie : ils se saisissaient des personnages et des situations pour exprimer des choses en eux qu'ils n'avaient encore jamais exprimées.

Beckett avait une vision moins idyllique :

« Ils sont heureux parce qu'ils font quelque chose plutôt que rien. Pas parce qu'ils jouent ma pièce. S'ils jouaient une mauvaise pièce commerciale, ils seraient aussi passionnés, car c'est eux-mêmes qu'ils mettraient dans les personnages. Mon théâtre n'y est pour rien. Ce qui marche, c'est de traiter les hommes comme des hommes. C'est rare, et c'est ça qui fait des miracles. »

L'extrême modestie est irritante. J'avais envie de dire à Beckett qu'il se trompait. Peut-être qu'il avait raison, que ce n'était pas entièrement sa pièce qui permettait à ces hommes de se remettre à vivre, mais je crois qu'elle n'y était pas étrangère (après tout elle avait donné envie à un metteur en scène de la faire jouer à des prisonniers). Son obsession de justesse et de rigueur, pour la première fois, m'a exaspéré. Je lui ai dit :

« On pourrait faire comme si. Comme si c'était votre pièce qui apportait quelque chose à ces hommes. »

Beckett a réfléchi un instant et il a souri.

« D'accord : faisons comme si. »

28 août – Cette après-midi nous avons récolté le miel. Les ruches débordaient. Nos chaussures collaient à la surface du toit. Nous avons rempli cent vingt pots. (Ce soir, malgré une douche, mes cheveux sentent encore le miel et ma peau est sucrée.)

Pour remercier les abeilles, Beckett leur a offert des orchidées. Des livreurs en ont apporté une douzaine de bouquets. Les abeilles s'y sont précipitées en bourdonnant. Je garderai en mémoire cette image de Beckett en combinaison blanche et masque d'apiculteur, entouré d'abeilles dans le jour déclinant. L'air était empli du parfum des fleurs et du miel.

C'était le bon moment, ai-je estimé, de lui dire que j'aimais les livres que j'avais lus de lui. Qu'ils m'avaient marqué. Je n'ai pas vu sa réaction, car le voile de son masque brouillait son visage. Il m'a saisi l'avant-bras et m'a remercié.

Nous avons rangé les pots de miel dans les placards de la cuisine et du salon. Ils prenaient toute la place encore disponible. Beckett en offrira à ses proches et à ses visiteurs. Il m'en a donné sept (je compte les déguster très doucement, sur des années, des décennies, je pense que j'en conserverai toujours un inentamé). Il m'a demandé d'aller lui acheter du papier et de l'encre. À mon retour, je l'ai trouvé en train d'écrire à la table de la cuisine, une tartine de miel posée parmi les feuilles et les stylos. J'ai laissé les courses dans le salon et je suis parti.

Avant de le rencontrer, je n'avais lu que deux livres de Beckett : *Godot* et *Molloy*. Ils m'avaient marqué, mais étrangement je n'avais pas poussé plus loin la découverte de ses écrits. Je ne sais pas pourquoi. Peut-être étais-je intimidé par la force de ses mots. Mais le connaître, le fréquenter, a tout changé. Je suis passé à la Librairie de Paris, place de Clichy. J'ai demandé tous les ouvrages de Beckett. Quand j'ai vu que la libraire m'apportait des piles entières, je l'ai arrêtée. Elle m'a dit que la bibliographie de Beckett comptait plusieurs dizaines de titres. C'était un monde, riche, varié. Malheureusement, mes finances ne me permettaient pas de tout acheter aujourd'hui. J'ai pris *Mal vu mal dit*, *Fin de Partie* et *La Dernière Bande*.

Il est près de 10 heures, j'écris ces lignes assis à mon bureau, encombré de livres et de feuilles, comme une frêle embarcation après un naufrage, perdue sur l'océan. Je ne sais pas si je vais commencer ces livres maintenant. Beckett est trop présent. Une chose est sûre (et cela corrobore le pessimisme de Beckett) : je les lirai avec, présente à l'esprit, l'image que j'ai de lui, sa profondeur mêlée de légèreté et son excentricité. J'aurai du mal à y voir des œuvres sombres. Je pense que si j'avais su qu'il était ainsi quand j'ai découvert ses livres, j'aurais osé m'y plonger complètement.

Je me suis préparé une infusion de thym. J'ai ouvert un des pots de miel, et j'en ai dégusté une pleine cuillerée.

2 septembre – Réveil à l'aube aujourd'hui : Beckett m'a appelé pour me demander de venir travailler ma thèse chez lui. Il pensait que l'on pourrait échanger des « trucs ». La migration n'a pas été de tout repos : j'ai dû prendre deux sacs de livres.

Il m'a prêté une machine à écrire (une Selectric III : je n'avais jamais vu une machine à écrire d'une telle beauté, d'une telle modernité ; Beckett, lui, avait un modèle récent de Corona Smith) et nous avons écrit de concert. C'était très stimulant. Il me lisait des passages de ce qu'il écrivait et je lui lisais des parties de ma recherche.

Ma thèse est presque terminée, je suis dans la fièvre des dernières pages et de la conclusion. Beckett m'a dit « c'est quand un texte est terminé qu'il faut redoubler d'effort : le plus dur reste à faire. Relire, corriger, relire, corriger. Cent fois ». Il y a quelque chose d'agréable à écrire face à quelqu'un qui écrit lui-même. J'ai eu l'impression d'une énergie nouvelle. Et puis (pour moi ce n'est pas négligeable), il y a une surveillance réciproque qui empêche de perdre son temps en pauses et flâneries, en lectures de romans ou de magazines : on veut montrer à l'autre qu'on travaille sérieusement.

Nous avons déjeuné ensemble. La veille, Beckett avait préparé un gombo de fruits de mer (« Le secret, m'a-t-il dit, c'est de faire revenir dans l'huile chaque ingrédient séparément, puis de les mélanger dans la marmite »). Ce fut délicieux. Beckett m'a parlé du livre de recettes qu'il aimerait écrire : il n'indiquerait pas de mesures exactes pour les ingrédients, mais développerait une théorie pratique de l'intuition. Il enseignerait la manière d'être familier avec les produits et les ustensiles. À partir de ce moment-là, tout est possible.

Cette journée a été une de mes plus belles journées de travail. En rentrant, portant mes lourds sacs de livres et de papier, j'ai été surpris de constater que les rues de Paris s'étaient de nouveau remplies, signe que les vacances étaient finies. C'est la rentrée. Il y a quelque chose d'électrique et de joyeux dans cette agitation. L'hibernation s'est faite en été et j'y ai échappé. Je suis ivre de fatigue.

5 septembre – Ce fut une journée tabagique. Ce que je vais raconter n'est pas connu des amateurs de Beckett, ni, je le crois, de ses amis les plus proches.

Beckett a arrêté de fumer depuis maintenant quinze ans (une bronchite lui ayant rappelé l'intérêt d'avoir des poumons pas trop encrassés), mais acheter des cigarettes demeure un réflexe et un rituel (et puis, pour les journalistes, il faisait toujours semblant de fumer). Cette petite épée, cette seringue, cette dague lui est un objet familier, une statuette magique. Il aime l'odeur de sa combustion. Souvent, il allume une cigarette et la laisse se consumer dans le très kitsch cendrier en forme de volcan (*Vesuvio* gravé sur un bord) que Jérôme Lindon lui a offert.

Mais aujourd'hui il a voulu quelque chose de mieux. Il m'a appelé ce matin vers 9 heures. Trente minutes plus tard, j'ai frappé chez lui. Sans un mot, il m'a accompagné dans le salon. Un paquet de cigarettes était posé sur la table, à moitié ouvert comme si une souris avait tenté de s'y faufiler. Il l'a montré du doigt comme il m'aurait montré quelque chose d'à la fois attirant et dangereux. Il semblait prêt à succomber au vertige et à l'objet de son désir. Il m'a demandé si je pouvais lui rendre service en fumant le paquet. J'ai eu l'impression qu'il voulait que je tue un fauve.

Heureusement, je suis déjà fumeur. J'ai commencé il y a quatre mois, à l'occasion de la fête d'adieu organisée par mes amis de Bologne. Il avait été difficile de résister à l'ambiance de la

Trattoria Da Leonida et du *Santunione*, j'avais trop bu, trop mangé, et fumer mes premières cigarettes avait été comme un geste de défi pour célébrer l'amitié et mes belles années dans cette ville. Il fallait que j'essaie quelque chose de nouveau, d'un peu fou. Cela avait été la cigarette (heureusement : la cocaïne déferlait sur l'Europe et, contrairement à certains condisciples, je m'en étais tenu à distance). Depuis que je suis à Paris, je fume à peine, deux cigarettes par jour, et chaque fois cela me rappelle Bologne et mes jours heureux là-bas. Douce nostalgie. Mais je ne compte pas fumer longtemps, ça me coûte cher et je suis d'un naturel inquiet pour ma santé.

J'ai demandé à Beckett pourquoi il ne se contentait pas d'allumer les cigarettes et de les laisser brûler dans le cendrier comme je l'avais déjà vu faire. Il m'a regardé comme si j'étais un enfant attardé :

« De temps en temps, il faut vaincre le paquet complètement, dans les règles de l'art. Sinon, il revient vite. Il faut le mettre à mort. »

Alors j'ai fumé ce satané paquet dans les règles de l'art. J'y ai passé la journée. Et impossible de tricher, de ne fumer les cigarettes qu'à moitié. Je devais déposer les mégots dans le cendrier en forme de volcan et Beckett les comptait. J'ai fumé en lisant dans le canapé en velours vert du salon, en faisant les cent pas, en déjeunant (une feijoada, sorte de cassoulet brésilien), en buvant du chocolat chaud, en regardant sa bibliothèque, en réfléchissant à ma thèse. Quand je fumais, le regard de Beckett se voilait et ses lèvres formaient un sourire. Comme

la cigarette me rappelait Bologne, elle lui rappelait sans doute des souvenirs et des êtres aimés.
La fumée dont j'emplissais l'appartement faisait
apparaître des fantômes.

9 septembre – La première représentation de *Godot* a eu lieu la semaine dernière. Jan Jonson avait invité Beckett, et celui-ci avait décliné. Il n'aime pas les voyages, et il avait objecté que sa présence risquait d'attirer l'attention au détriment du projet mis en œuvre avec les prisonniers.

Ce matin, Beckett a reçu une épaisse enveloppe de Suède : une lettre de Jonson relatant la première, et des photos. J'en ai fait la lecture à voix haute (j'ai eu l'impression d'être un acteur, debout dans le salon, avec Beckett pour seul spectateur, enfoncé dans le canapé). Jonson parlait du bonheur des comédiens, des réactions du public, des échanges après la représentation. Les familles des détenus avaient été conviées. Des journalistes aussi, des artistes, des hommes et des femmes politiques, des gens importants et célèbres. Jonson pensait que les privilégiés qui étaient venus en prison avaient pris conscience d'une réalité ignorée jusque-là. Le temps d'une soirée, les abords de la prison avaient ressemblé à ceux d'une banlieue chic : voitures de luxe sur le parking, hommes et femmes bien habillés se rendant à un spectacle inédit. Beckett a scotché les photos au mur.

C'était émouvant de voir ces hommes qui sortaient de leur rôle de détenus. Ils se tenaient sur une estrade en contreplaqué tachée de peinture et qui ployait sous leur poids. Des hommes rugueux, cassés, empâtés, vieillis prématurément. Ils semblaient timides et en même temps animés d'une passion nouvelle, comme des adolescents. Mais Beckett ne partageait pas l'enthousiasme de Jonson concernant l'influence de la représentation sur la bonne société.

« Les riches emportent la richesse là où ils vont : ils ont côtoyé les prisonniers, mais ils n'ont pas compris ce que cela signifiait vraiment. L'argent n'est pas une possession, c'est une manière de voir. Une certaine acuité visuelle. »

Il a ajouté :

« Les riches sont les vrais coupables. Il est logique qu'ils visitent le lieu qui devrait les accueillir. »

La journée s'annonçait mélancolique. Beckett a proposé que nous allions nous promener au cimetière du Montparnasse, « là où sont les amis ».

Comme nous passions devant un Monoprix, Beckett s'est arrêté. Il est entré dans le magasin. Je l'ai suivi. Il a pris un chariot et a dit « un supermarché c'est plein de morts, mais c'est plus coloré et plus beau qu'un cimetière. Il faudrait coller de petites étiquettes sur les produits, avec le nom des morts ». Il n'avait pas d'étiquettes sous la main, alors il a sorti un stylo de sa poche. Il a écrit *Baudelaire* sur une conserve de raviolis, *Cortazar* sur une boîte de céréales, *Jean du Chas* sur une banane, *Durkheim* sur un lot de mouchoirs, *Maurice Leblanc* sur un flacon de shampoing, *Simone de Beauvoir* sur une bouteille de lait, *Saint-Saëns* sur un melon, *Man Ray* sur un paquet de café. Je ne sais pas ce que Beckett voulait exprimer par là. Peut-être était-ce une manière de réintégrer les morts dans notre quotidien.

Nous avons continué à nous promener dans les allées du supermarché, sans rien mettre dans le chariot. Beckett regardait les aliments empilés d'un air grave. Le sérieux avec lequel il fixait légumes, boîtes de conserve, paquets, viandes sous plastique, leur donnait une importance et une beauté nouvelles. Beckett a décidé que nous devions faire une pause. Il a laissé le chariot et a pris des barils de lessive pour en faire des sièges. Nous nous sommes assis.

Il a dit : « Le théâtre est un club privé pour les classes moyennes et supérieures cultivées, alors qu'il devrait être partout et pour tous. Que s'est-il passé ? Où nous sommes-nous perdus en chemin pour diviser ainsi le monde en deux ? Il y a d'un côté le théâtre populaire et de l'autre le théâtre savant. Ça ne va pas. Je veux toucher les pauvres aussi. Ceux qui n'ont pas fait d'études. Je veux un théâtre qui enthousiasme. Du scandale, du désir, de l'agitation, et de la séduction. »

Il a regretté que les seules fois où des pauvres étaient en contact avec le théâtre, c'était quand ils étaient enfermés : dans des écoles, des prisons, des hôpitaux psychiatriques. Comme s'il fallait un public captif qui ne pouvait pas s'échapper. Cette situation ne le satisfaisait pas. Ne le satisfaisaient pas non plus la résignation ou le pessimisme. Il voulait agir. Il a juré qu'il ferait quelque chose.

Je suis rentré chez moi en passant par le cimetière du Montparnasse. J'ai regardé les tombes grises avec, dans les yeux, les couleurs volées aux aliments du supermarché. Je me demande si le goût de Beckett pour les vêtements excentriques est une manière de revendiquer ces couleurs, de lutter contre le gris et le noir qu'on nous impose. L'image d'une abeille me vient à l'esprit, dans sa belle robe jaune, orange, or, brune.

15 septembre – Beckett avait envie de me parler au téléphone. Je me suis installé sur mon matelas posé à même le sol, avec une tasse de café froid. Je le sentais ému et excité. Et, en effet, il y avait de quoi :

« J'ai pris contact avec Coluche. Quand je lui ai dit mon nom, il a cru que c'était une farce, et il m'a raccroché au nez. Il n'imaginait pas que quelqu'un comme moi puisse l'appeler, lui. C'est déprimant. En fin de compte, via un ami de Jérôme qui connait le show business, je suis allé le voir dans sa loge après un spectacle au Bataclan. Nous avons discuté. Un homme charmant. Je lui ai proposé de lui écrire des sketches. Il a encore cru à une blague. C'est énervant, ces gens qui pensent que je suis drôle alors que je suis sérieux, et qui pensent que je suis sérieux quand j'essaye d'être drôle. Bon, en tout cas, il a accepté. L'idée est grandiose, comme il dit. Nous avons hâte de nous y mettre. Ces prochains mois, il tourne un film et joue dans une pièce : nous nous sommes réservé l'été prochain. Nous louerons une maison dans le Morvan pour écrire au calme. »

Même si j'ai vécu en Italie quelques années, je connais Coluche. C'est le comique le plus aimé et respecté actuellement. Son humour est politique, grinçant, grossier aussi. Il a voulu se présenter à l'élection présidentielle en 1981, mais face aux pressions il a abandonné. Un spectacle de Coluche écrit par Beckett, ça paraît fou, mais si on y réfléchit, si on laisse tomber les barrières, ça a du sens.

L'avenir dira si Beckett a pris un risque : celui

de perdre ses spectateurs habituels qui pourraient faire la fine bouche devant Coluche (de même pour celui-ci : son public criera-t-il à l'élitisme devant un spectacle écrit par Beckett ?). Mais c'est un risque sans risques pour Beckett : il est financièrement indépendant. Un changement vu comme radical ne fera de mal qu'à sa réputation, chose dont il se moque. Il peut se permettre de faire quelque chose qui ne ressemble pas à l'opinion que l'on a de lui, pour, joyeusement, se débarrasser de sa réputation. Se quitter.

16 septembre – Bowling au club Montparnasse près de l'avenue du Maine. Beckett a apporté ses propres chaussures (« ce sont les chaussures les plus confortables au monde, je rêverais de ne porter que ça »). Le patron du club l'a appelé « Sam » et lui a serré la main. Nous étions en pleine journée et il n'y avait pas grand monde. Des étudiants jouaient à trois rangées de nous. Beckett nous a commandé deux Coca. Nous avons pris le temps de boire quelques gorgées avant de commencer. La salle sentait la cire et le cuir des chaussures. L'éclairage était doux, les néons se reflétaient sur le parquet. Des écrans affichaient les scores en chiffres fluorescents. Beckett avait l'air chez lui.

Nous avons joué pendant deux heures. Beckett lançait sa boule avec détermination. Son geste était souple, son pied s'arrêtait sur la limite. Il se débrouillait bien. On voyait le plaisir qu'il avait à renverser les quilles. À la fin de la première partie, le serveur (comme si c'était un rituel) nous a apporté à chacun une coupe de glace (marron glacé, noisette, myrtille) couverte de chantilly et de pastilles de chocolat. Beckett a sorti de sa sacoche le paquet de journaux suédois que Jonson lui avait envoyés. Il y avait des photos de lui, de Jonson et des prisonniers. Je ne lisais pas cette langue, mais il était évident que les articles étaient louangeurs. Beckett polissait sa boule sur ses cuisses. L'enthousiasme des réactions l'irritait :

« Comme si on avait sauvé des vies. C'est effrayant de bêtise. »

Encore une fois, j'ai tenté de faire contrepoids

à son pessimisme, et j'ai dit que des œuvres d'art pouvaient sauver des gens, les changer, les aider.

« L'art ne remplace pas la politique, a-t-il répliqué. On panse des blessures, et cela permet au système de tenir. Je voudrais que l'art soit de l'art, la possibilité d'une réappropriation personnelle, et non pas un outil à fabriquer des enfants sages et des citoyens, ou à réinsérer les criminels. L'art social profite aux artistes. Le théâtre n'est pas un asile pour les déshérités, mais pour les artistes eux-mêmes. Quelle hypocrisie que ce commerce de l'humanisme. Rien ne remplace la politique, j'espère que Jonson finira par le comprendre. »

Il s'est levé, a pris de l'élan et a jeté sa boule. Beckett avait un corps musclé, avec un peu de gras au niveau du ventre. Un corps qui donnait une impression de vie, forte et farouche. La boule est lourdement tombée sur le parquet. Elle a renversé la moitié des quilles. Beckett s'est assis et a commandé un autre Coca (« Sans ombrelle ! » a-t-il crié au serveur).

Je lui ai dit que je le trouvais pessimiste. Beckett a haussé les épaules. « On s'achète trop facilement avec des mots. Ces saloperies. »

17 septembre – J'ai été réveillé par le téléphone. Dans ma chambre, la sonnerie n'est pas discrète, impossible de l'ignorer. J'ai travaillé tard hier soir, et j'avais estimé mériter une grasse matinée (la tête sous la couette pour me protéger de la lumière du jour). Raté. J'ai décroché. C'était Beckett. « Bonjour, cher ami. J'ai décidé de faire des crêpes. »

Avant de monter chez lui, j'ai pris deux expressos au comptoir du Petit Café.

Beckett m'a accueilli une poêle à la main. L'appartement sentait le beurre brûlé et la pâte à crêpes. Ça m'a rappelé l'enfance, la Bretagne et les vacances en famille. Il y avait déjà quelques crêpes de faites. Beckett m'a demandé de lire la lettre de Jonson posée sur la table parmi les coquilles d'œuf et la farine. À voix haute.

Je me suis assis et j'ai lu. Jonson écrivait que son téléphone n'avait cessé de sonner depuis la représentation. On le félicitait, on voulait l'interviewer, on lui proposait d'animer des ateliers. Mais ça le mettait mal à l'aise (Beckett a levé un pouce en signe de contentement). Il ne voulait pas devenir le héros des bons sentiments. Que d'autres reprennent le flambeau. Lui voulait avancer. Aller plus loin. Continuer sa quête. Certes ce qui se passait sur scène rejaillissait sur l'ensemble des détenus, notait Jonson (j'étais heureux d'entendre que l'art pouvait avoir des bénéfices pour les détenus, car la position de Beckett me semblait trop sombre). Cela les rendait fiers. Ils redécouvraient une énergie et un désir oubliés depuis longtemps, mais ce n'était pas si simple. On faisait comme si c'était une réussite. Mais qu'avait-il réussi ? Les représentations ne dureraient pas et les détenus retourneraient en cellule pour purger leur peine. Et peut-être serait-ce pire, craignait Jonson, car ils auraient goûté quelque chose de nouveau, ils auraient repris espoir. Ils auraient changé, mais les murs de la prison seraient toujours là.

Beckett a dit : « Ah, voilà les illusions qui tombent. Bravo, Jonson ! »

Alors le metteur en scène voulait aller plus loin. Faire bouger les murs. Et il n'y avait pas de meilleure manière de les faire bouger que de les supprimer. J'ai relevé la tête et j'ai regardé Beckett. Il m'a rendu mon regard, les yeux pleins de malice. Il est revenu à sa crêpe et l'a fait sauter dans la poêle. J'ai dit : « Supprimer les murs ? » Beckett m'a dit de poursuivre ma lecture.

Et si, écrivait Jonson, au lieu de faire venir le monde extérieur dans la prison, on introduisait la prison dans le monde extérieur ? Les détenus dehors plutôt que les hommes libres en prison. Il posait la question : Beckett verrait-il un inconvénient à ce qu'une tournée soit organisée ?

Beckett m'a servi une crêpe et m'a demandé ce que j'en pensais. J'ai répondu : « Pourquoi pas. »

26 septembre – L'automne est là. L'air frais griffe ma peau. J'aime son odeur chaude, grillée et terreuse.

Beckett m'a prévenu de l'arrivée d'une nouvelle lettre de Jonson. Je me suis rendu chez lui à pied. Paris est une ville idéale pour la marche, on peut quasiment se rendre n'importe où en moins d'une heure. J'ai descendu la rue du Faubourg-Poissonnière, je suis passé devant l'église Saint-Eustache et j'ai traversé la Seine. Je ne suis pas encore habitué à vivre ici, mes yeux ne sont pas encore rassasiés. Il me semble que je m'imbibe de Paris.

Aujourd'hui, Beckett portait un sherwani rouge et doré, sorte de robe indienne droite et fermée jusqu'au cou. Nous sommes allés dans le salon. Une cigarette se consumait dans le cendrier. Nous nous sommes assis, le cendrier entre nous. Il m'a annoncé que le directeur de la prison avait été conquis par le nouveau projet de Jonson. Le ministre de la Justice avait donné son autorisation. Plusieurs directeurs de théâtre avaient accepté avec enthousiasme d'accueillir l'étrange troupe. La pièce serait d'abord jouée à Göteborg. Puis à Malmö, Uppsala, Örebro, Lund, pour finir par Stockholm. Beckett m'a montré une nouvelle photo scotchée au mur : un bus de la police maquillé en camion de tournée. Il y avait des barreaux aux fenêtres, mal camouflés par des rideaux rouge sombre.

Je le sentais songeur. Partagé entre l'excitation de cette aventure et son esprit critique qui lui disait que tout ça était trop beau pour être vrai. Et puis ces histoires de prison remuaient des choses personnelles en lui.

Sous prétexte de profiter de cette lumière rousse qui naît à l'automne, nous sommes allés nous promener au jardin du Luxembourg. Les arbres sont jaunes, orange et rouges. Quelques feuilles sont déjà tombées. Après un moment de silence, Beckett m'a parlé du lointain passé : de la guerre. Sa voix avait une gravité nouvelle. Il m'a dit que Suzanne avait failli être arrêtée par la Gestapo. Il s'en était fallu d'un cheveu. Tout ça lui revenait en mémoire maintenant. La terreur remontait en lui. La prison aurait été l'antichambre de la mort. Lui-même aurait pu être arrêté. Ces années-là avaient été sa véritable école. Davantage que la Portora Royal School, Trinity College ou l'École normale supérieure. Il avait cessé de traduire et de dactylographier des textes sérieux et littéraires pour traduire et dactylographier pour la Résistance. Il avait alors découvert un monde où les classes sociales étaient abolies : l'intellectuel se trouvait aux côtés de l'ouvrier, le riche était le complice du pauvre. C'est à cette époque, et peut-être seulement à celle-là, qu'il avait eu le sentiment que la communication était possible, qu'on pouvait se parler et s'entendre. Se comprendre. Il n'avait pas la nostalgie de la guerre et de l'occupation allemande, mais d'un temps où les gens avaient conscience que la vie était précieuse et se jouait à chaque instant, et qu'on n'avait pas de temps à perdre en simagrées sociales.

Depuis, il ne pouvait être proche que de gens qui savaient que la guerre n'était pas terminée et ne se terminerait jamais, qui vivaient sous un climat différent de la majorité. Des gens légers et graves, fiables et passionnés.

Nous nous sommes assis sur un banc. Des mères poussaient des landaus, des amoureux se promenaient. Beckett a mis la main dans la poche de son manteau et en a sorti un chiffon en feutre beige. Il l'a posé entre nous, de manière à ce que personne ne le voie. Il l'a déplié pour faire apparaître un revolver. Noir, automatique.

« Je suis prêt. Au cas où ça recommencerait. »

Du menton, il a désigné un placide policier qui marchait : « Cet homme, à l'allure si sympathique, avec son embonpoint, ses bonnes joues, sert l'État. Si l'État redevient fasciste, alors peut-être qu'il arrêtera des gens comme nous. Qu'il flinguera des gens comme nous. »

Je lui ai demandé s'il pensait vraiment que la barbarie pouvait revenir.

« Les êtres humains sont prévisibles. Regardez : les socialistes sont au pouvoir depuis quatre ans et ils ont déjà cessé d'être de gauche. Ces voitures officielles et leurs gyrophares, ces privilèges, l'argent, l'oubli du peuple et les courbettes au capital. La descente a commencé. Je vous ai donné un conseil, il y a quelque temps : relisez et corrigez ce que vous écrivez. De nombreuses fois. Voici mon deuxième et dernier conseil : planquez des armes à la campagne, dans les bois et dans les caves. Enroulez-les dans des chiffons avec un peu de graisse pour ne pas qu'elles s'abîment, gardez les balles dans une boîte au sec. Et faites des réserves de nourriture. Un paquet de riz, cela ne vous semble rien aujourd'hui. Mais c'est important. Il faut avoir vécu la faim pour savoir à quel point un paquet de riz, une pomme de terre, un carré de chocolat sont des choses magnifiques. Alors, mon ami : planquez des armes et du chocolat. »

5 octobre – Nous nous sommes retrouvés dans un restaurant alsacien de la rue des Écoles. Je commence à grossir. Beckett a un appétit incroyable et pourtant il ne prend pas un gramme (« L'angoisse, m'a-t-il dit, c'est le secret d'une ligne impeccable »). Il a fait glisser le dernier envoi de Jonson devant moi.

J'ai d'abord regardé les photos. C'était Göteborg. Beaucoup d'arbres et de squares. L'impression d'une grande ville, mais calme et agréable. L'air avait une clarté superbe. J'ai pensé me rendre là-bas. Ce serait une expérience incroyable. Mais je n'ai pas d'argent. Et puis je suis déjà en train de vivre une expérience incroyable. Le garçon est arrivé et Beckett m'a dit de lui faire confiance : il a commandé deux choucroutes royales et une bouteille d'eau minérale plate.

En attendant que nous soyons servis, j'ai lu la lettre de Jonson à haute voix. Il parlait de l'accueil chaleureux du directeur du théâtre de Göteborg, qui avait tenu à saluer les détenus. Il y avait eu un discours et un banquet de poissons fumés et de pickles (Jonson avait joint, par esprit de dérision, des photos des aliments, du chou-fleur au vinaigre, des filets de poissons, des cure-dents plantés dans des cubes de saumon, et des carottes marinées). Les détenus étaient logés dans l'aile d'un bon hôtel. Ils ne portaient pas de menottes. Deux policiers gardaient le couloir.

La pièce n'avait pas encore été jouée et c'était d'ores et déjà un succès. Les acteurs pouvaient être mauvais, on était sûr que tout le monde aimerait :

Godot interprété par des détenus, c'était si parfait. Dans sa lettre, Jonson disait sentir le projet lui échapper pour se transformer en modèle, en exemple d'une réussite artistique et sociale. C'était une foire, et il avait l'impression d'être un montreur d'ours, le gérant d'un cirque ambulant avec ses acteurs étranges. Ça le déprimait. Ses phrases étaient pleines de tristesse.

Les choucroutes sont arrivées et nous nous sommes attaqués aux saucisses. Les minutes suivantes ont été consacrées à pleinement apprécier le plat. Beckett avait les joues roses, il mordait dans les pommes de terre et le lard.

Quand nous avons été rassasiés, je lui ai posé une question qui me trottait en tête depuis un moment et que je n'avais pas encore osé aborder : est-ce que cela le gênait d'être surtout connu pour une seule œuvre, une pièce qui avait plus de trente ans ? Je voulais parler de *Godot* bien sûr, pièce que tout le monde connaissait même sans l'avoir vue ou lue. Elle avait pris toute la place. Son statut d'œuvre culte était telle qu'une partie du public s'en contentait. Et quand on avait la curiosité d'aller voir d'autres de ses pièces, on voulait y retrouver le parfum de *Godot*. Je m'attendais à voir le visage de Beckett se fermer. Je m'attendais à des sourcils froncés. Mais Beckett m'a souri comme s'il avait deviné mon appréhension.

« Il ne faut pas maudire les miracles. *Godot* m'a fait connaître et m'a permis de payer mon loyer. C'est vrai qu'on m'en parle tout le temps et que la plupart des gens se limitent à ça et ignorent mes textes récents. *Godot*, c'est le garçon le plus populaire de la cour de récréation. C'est comme ça. Il faut se faire une raison. Mais il a donné envie à une minorité de lecteurs et de spectateurs de s'intéresser à mes autres œuvres. C'est pas mal. Il y a des malédictions pires. Ce qu'on ne peut éviter, il faut le vouloir. Ce qu'on ne peut changer, il faut l'accepter. Comme cette idiote étiquette qu'on m'a collée : le théâtre de l'absurde. Il vaut mieux en rire. Tout ça n'est pas important. On ne peut pas gagner contre la société, contre l'opinion publique ou contre la presse. Il faut abandonner l'idée d'être compris et bien lu. Le malentendu est la règle. Si on peut vivre en partie grâce à ce malentendu, alors tant mieux. C'est la paradoxale félicité des artistes. »

7 octobre – À l'aube, Beckett a reçu un appel de Jonson lui annonçant que les prisonniers s'étaient évadés de leur hôtel, la veille au soir, à l'issue de la première représentation à Göteborg. Il m'a demandé de venir.

Il avait préparé une infusion de badiane. Il portait une saharienne, un pantalon beige, et un bandana rouge autour du cou. Il m'a pris par l'épaule et m'a dit :

« Voilà le meilleur spectacle qu'ils auraient pu donner. »

Il a éclaté de rire plusieurs fois et j'avoue que j'étais heureux de ce développement. Mais bien sûr Beckett ne s'est pas laissé prendre par le plaisir de cette nouvelle. Son visage s'est assombri.

« Et après ? Ils se sont évadés, mais vers quoi ? La clandestinité ? La plupart vont être repris et ils écoperont d'une augmentation de peine. Ça n'a rien de drôle. Ils s'évadent, mais vers rien. Ils ne peuvent échapper à leur condition de prisonniers. C'est une belle histoire. Mais ça sert à quoi ? Comment cela va-t-il finir ? »

Il était inquiet pour les évadés. Il s'était attaché à eux. Ils allaient forcément être rattrapés et cela pouvait se passer dans la violence. Rien n'était résolu. Il aurait voulu faire quelque chose pour les aider. Mais quoi ? Il a tourné en rond pendant plusieurs minutes. Est-ce qu'il était responsable ? Évidemment, il aimait que son travail ait une influence sur ceux qui y étaient confrontés. Mais il n'avait jamais pensé à une telle situation. Ça le déroutait. Il était partagé entre son point de vue d'écrivain, subjugué par l'étrangeté de cette histoire, et sa peur des conséquences pour ces hommes.

« Les acteurs et les spectateurs de mes pièces devraient y voir un exemple : ils devraient eux aussi quitter la route. Que mes mots soient une invitation à l'action, pas à la dépression en pantoufles et à la plainte. Ces prisonniers sont un exemple, il ne faut pas oublier leur geste. L'art est une invitation à l'action. Mais j'ai peur qu'ils en payent le prix. »

Il a regardé le mur du salon couvert de photos. Il y en avait des dizaines, en couleurs, en noir et blanc, des visages, des bâtiments, des prisonniers livre en main, le regard fiévreux, Jonson sur l'estrade, des policiers, le directeur de la prison, les costumes, les pickles, le banquet. Beckett retraçait le déroulement des événements en cherchant à comprendre ce qui s'était passé, ce qui s'était joué. Puis, sans un mot, il a commencé à décoller les photos, comme s'il fermait un rideau, comme s'il convoquait le blanc du mur du salon pour effacer cette histoire. Il a mis les photos et les lettres dans un sac-poubelle et il l'a descendu en bas de l'immeuble. Il est remonté et s'est assis dans le canapé. Il est resté ainsi, silencieux. Il m'a dit « Bonsoir » et je suis parti.

17 octobre – Nous avons fêté l'anniversaire de la naissance d'Oscar Wilde, compatriote de Beckett. Ou plutôt : Beckett l'avait fêté hier, le jour exact, il avait fait un gâteau en forme de W dont il avait mangé une partie avec Suzanne, et aujourd'hui nous avons mangé le reste.

Nous nous sommes installés à la table de la cuisine. C'était délicieux : une pâte briochée avec de la poudre d'amande et des fraises des bois, un glaçage légèrement parfumé à la fleur d'oranger. Beckett avait fait une infusion de fleurs de camomille. Nous n'avons pas parlé des prisonniers. Mais je le sentais préoccupé. Il n'y avait rien à dire : à n'en pas douter il y aurait des nouvelles un jour ou l'autre, les prisonniers seraient repris. J'ai compris que c'était terminé. Que ma collaboration avec Beckett s'achevait là, alors que la réalité, la bête et violente réalité, avait repris ses droits.

Beckett nous a resservi une part de gâteau. Nous avons mangé en silence. Il coupait sa part en morceaux de plus en plus petits. Il a posé sa cuillère.

« Un jour, un journaliste m'a demandé pourquoi j'écrivais. Pour m'en débarrasser, j'ai répondu que je n'étais "bon qu'à ça". Et maintenant on me le rappelle tout le temps, comme si c'était une formule géniale, comme si c'était courageux, sublime. Quelle bêtise. Bien sûr que je ne suis pas "bon qu'à ça". Mais il y a une sorte de vénération de l'incapacité des artistes à exercer d'autres activités, un amour de la spécialisation. J'aurais pu être professeur, cuisinier, costumier, traducteur à plein temps, apiculteur. Je sais faire des tas de choses. »

Beckett a recommencé à manger sa part de gâteau coupée en minuscules morceaux. Je l'ai quitté et il y avait une tristesse qui s'était placée entre nous. Nous savions que c'était la fin de cette relation amicale qui n'était pas une amitié.

Ce soir, ma chambre me paraît trop petite. Le côté romantique de la chose ne me satisfait plus. J'ai envie d'espace et d'un minimum de confort. J'ai envie de me débarrasser de ce lieu, de vivre, de rencontrer des gens, de me faire des amis. C'est un besoin impérieux.

19 octobre – Dernier jour de mon travail auprès de Beckett. Il a fait le total des jours, des demi-journées et des heures passées auprès de lui. On dépassait un peu le temps prévu par mon contrat. Il a insisté pour me payer ce qu'il me devait en plus. J'ai pris l'argent et j'avais le cœur serré. Il est probable qu'on ne se reverra jamais.

Il portait un kimono prune et ivoire, un ruban en coton noir noué dans ses longs cheveux blancs. Nous nous sommes assis à même le plancher du salon. Il n'avait plus cette gravité d'il y a deux jours. Son visage était souriant et calme. Nous n'avons pas parlé des prisonniers. Il n'y avait rien à dire. Son visage s'est animé, il voulait me raconter quelque chose :

« C'est grâce à une agression que j'ai rencontré Suzanne avant la guerre. Avenue de la Porte d'Orléans, un homme m'a planté un couteau dans la poitrine et Suzanne, qui sortait d'un concert, m'a secouru. Ça m'a fait réfléchir au hasard et aux rencontres nécessaires. Un coup de couteau a failli me tuer, et a, en fait, totalement bouleversé ma vie. J'ai alors compris que l'art est lui aussi un crime, mais un crime contre la réalité. Par ses incessantes transformations, il remet en cause l'intégrité du monde et de la société, comme le meurtre remet en cause l'intégrité du corps d'une personne. Une œuvre d'art coupe le souffle, accélère notre cœur, change notre rapport aux formes, aux couleurs et aux sons. Nous ne sommes pas changés au point de mourir. Mais la réalité jusque-là connue meurt pour être remplacée par une autre, plus complexe, plus étrange. Plus belle. »

« La police m'a présenté l'homme qui m'avait poignardé. Je lui ai demandé pourquoi il avait fait ça. Il ne savait pas. C'est terrible, vous ne trouvez pas ? »

Je lui ai demandé à quelle peine avait été condamné l'homme. Beckett m'a dit qu'il n'avait pas porté plainte.

« On porte plainte contre les gens qui savent ce qu'ils font. Ce monde ne sait pas ce qu'il fait, et je ne vais pas non plus porter plainte contre lui. Mais je vais me retirer, un peu à l'écart, pour éviter les coups, et vivre avec ma famille et mes amis, ce paradis que l'on s'invente et qui s'évanouit dès que l'on meurt. »

C'est sur cette note que nous nous sommes quittés. Il m'a accompagné jusqu'en bas de chez lui. Il m'a serré la main, longtemps. Ses yeux brillaient, sa barbe et ses longs cheveux blancs frémissaient dans le courant d'air.

Ce journal est un antidote à l'amnésie. Je n'aurai qu'à relire ces pages pour me retrouver aux côtés de Beckett, marcher dans Paris avec lui, partager un repas, boire un verre en sa compagnie et l'écouter parler. Je garde des images et des mots en moi aussi. Je sais qu'une chose ne s'effacera pas : Beckett en habit d'apiculteur, sur le toit, parmi ses abeilles dans le soleil d'un été parisien.

Ma thèse est terminée, relue, corrigée, relue, corrigée. Dans deux mois aura lieu la soutenance. Une nouvelle fois, ma vie commence et tout reste à faire.

POSTFACE

Les livres surgissent dans notre vie comme des accidents positifs. Les imprévus viennent de nous-mêmes. C'est la rencontre du connu et de l'inconnu, du réel et du fantasmé. Ces quatre forces se heurtent, se mélangent et produisent quelque chose de l'ordre de l'incarnation d'un fantôme. Le livre apparaît, fruit d'une magie qui embrase le monde.

Ce livre a fait irruption dans ma vie. Ce n'était pas prévu. Mais qui prévoit quoi que ce soit ? J'ai été emporté dans l'aventure et j'ai fait croire que je la menais. J'ai bien donné quelques coups de rame, j'ai agi, mais j'ai surtout organisé des forces et des esprits. Un livre me construit autant que je le construis. C'est parce que je me laisse sculpter que je suis capable de sculpter quelque chose.

Je dois commencer par dire : certains faits dans ce livre sont vrais (*En attendant Godot* joué en prison, le metteur en scène suédois, l'évasion des prisonniers acteurs), un fait est quasiment vrai (la rencontre de Beckett et de Suzanne). Le reste, y compris les mots que je mets dans la bouche de Beckett, je l'ai inventé.

Ce livre est paru en Allemagne (et en allemand), deux ans avant sa sortie française. Je l'ai écrit alors que j'étais dans une résidence d'artistes (l'Akademie Schloss Solitude), située dans les dépendances d'un château. C'est un lieu idyllique qui accueille chaque année une trentaine d'artistes du monde entier et de toutes les disciplines. On y est isolé géographiquement parlant. Les artistes et les membres de l'équipe forment une communauté cosmopolite. On a la possibilité de rester dans son appartement et de ne voir personne pendant plusieurs jours, comme on peut se mêler aux autres, dîner, projeter un film, présenter son travail.

Cette année fut une parenthèse enchantée dans ma vie. J'avais du temps et aucune obligation. Le directeur de la résidence m'avait dit que, si je souhaitais écrire un livre, il se ferait une joie de le co-publier avec une maison d'édition spécialisée dans l'art contemporain. J'étais libre du sujet, de la forme.

J'ai l'habitude d'être libre. Je n'ai jamais écrit que les livres que je désirais écrire. Là pourtant c'était différent : une petite maison d'édition allemande allait accueillir ce texte. Mon livre resterait invisible dans ma bibliographie. Comme si je le faisais en cachette. Il ne serait pas lu par le public français.

Cette occasion d'écrire un roman secret m'a donné le désir de mettre en scène un écrivain pour réfléchir à ma propre condition. Je connaissais l'histoire de ce metteur en scène suédois qui avait fait jouer *En attendant Godot* à des prisonniers. C'était l'occasion d'en faire quelque chose.

J'ai mis du temps à aller vers Beckett. Pour tout dire, j'ai mis du temps à aller vers pas mal de livres. La France prend la littérature au sérieux, c'est rare et c'est bien, mais elle la prend trop au sérieux, à tel point que les livres deviennent un instrument de pouvoir. Ils alimentent cette religiosité violente que les athées ont reportée dans l'art. Un peu comme si on mettait un panneau « défense d'entrer ». La littérature est opposée à la littérature populaire. Cette polarisation et ce double mépris sont une catastrophe.

Je ne viens pas d'une famille sans lien avec la culture. Ma mère a été actrice et institutrice, mon père était peintre. Il y avait des livres chez chacun d'eux. Mais ça n'avait rien d'impressionnant ni de respectable. C'étaient des amis. Ma famille excentrique n'était pas dans la fascination : elle essayait de survivre.

On découvre la littérature dans la joie, la joie nécessaire à ceux qui sont mal partis dans la vie. C'est un lieu pour reprendre des forces, on y trouve des armes pour se battre. Pas pour des conquêtes, mais pour des victoires simples et quotidiennes : respirer, vivre, désirer.

Beckett est une des grandes figures de la littérature. Certains le transforment en saint ou en statue, ce qu'il n'était pas. Il faut lire les biographies des artistes pour les retrouver, les nettoyer des couches de sédiments d'admiration et de commentaires.

J'ai kidnappé Samuel Beckett pour me l'approprier, en faire un être familier à mes yeux. La piraterie est un acte de liberté et d'amour. Les morts, on les sort de terre, on entre en conversation avec eux.

J'ai écrit ce livre pour dire que la littérature et les grands écrivains sont pour tout le monde. Le génie ne doit pas impressionner, il doit ouvrir l'appétit. On doit se réapproprier les chefs-d'œuvre et les artistes. Ils sont propriété commune. Chaque fois que je croise un adolescent ou un adulte qui pense que les livres ne sont pas pour lui, ça me fait mal au cœur. Les grands artistes doivent devenir des compagnons quotidiens et chaleureux. Les statues, ça se détruit.

Vous avez *L'Apiculture selon Samuel Beckett* entre les mains, son destin caché ne s'est donc pas réalisé. Quand j'en ai parlé à mon éditrice, je pensais que ce texte court et fou ne pourrait pas intéresser, je pensais qu'un tel roman serait détesté. Je ne me faisais pas d'illusion sur le milieu littéraire. J'avais tort.

Les réactions ont été très positives. Quelques personnes ont bien sûr hurlé au sacrilège. Je m'y attendais. Chose rassurante, des amis de Beckett et des gens qui l'ont connu ont aimé le livre : Erika Thopoven, Dominique Dupuy, Bogdan Manojlovic. Ils ont eu une générosité et une gourmandise à l'égard de mon livre qui m'a rassuré. Cela me confortait dans mon amour pour Beckett et pour ses livres. Pour les livres. Ils sont là, disponibles, désirables et pleins de ressources pour résister à la réalité. Et parfois, répliquer.

Martin Page, 3 septembre 2013, Ouessant
www.martin-page.fr

Remerciements

Merci à Manon Jollivet, Lili Mamath et Coline Pierré pour leur lecture et leurs remarques.

Merci à Hamed Taheri pour nos discussions sur Warburg, le théâtre, le travail d'artiste.

Ce livre a vu le jour alors que j'étais en résidence à l'Akademie Schloss Solitude. Ce fut une des plus belles années de ma vie. Merci à Marie Nimier et à Mircea Cartarescu, ainsi qu'à Jean-Baptiste Joly et à Silke Pfüger.

Ma timidité a toujours été mon meilleur passeport pour faire des rencontres importantes. Avec des êtres, avec des livres. Des lieux sont nécessaires pour que la magie opère : ce sont les librairies et les bibliothèques. Ils donnent des armes pour se sauver.

Merci à Jean-Paul Shafran de la librairie Le Bouquetiniste et à Virginie Sallé de la librairie Louise Titi pour leur soutien et leur fidélité, pour l'enthousiasme et la générosité qu'ils mettent dans leur métier. Une pensée aussi pour les bibliothécaires et les libraires de ma jeunesse.

Merci à Laurence Renouf et à Patricia Duez. Une pensée pour Alix.

Comment je suis devenu stupide
Le Dilettante, 2001
et « J'ai lu », n° 6322

Une parfaite journée parfaite
Éditions Mutine, 2001
et « Points », n° P2303

La Libellule de ses huit ans
Le Dilettante, 2003
et « J'ai lu », n° 7300

On s'habitue aux fins du monde
Le Dilettante, 2005
et « J'ai lu », n° 8266

De la pluie
Éditions Ramsay, « Petits Traités », 2007
et « J'ai lu », n° 9663

Peut-être une histoire d'amour
Éditions de l'Olivier, 2008
et « Points », n° P2211

Collection irraisonnée de préfaces à des livres fétiches
(collectif-coédition avec Thomas B. Reverdy)
Éditions Intervalles, 2009

La Disparition de Paris et sa renaissance en Afrique
Éditions de l'Olivier, 2010
et « Points », n° P2540

La Mauvaise Habitude d'être soi
(avec Quentin Faucompré)
Éditions de l'Olivier, 2010
et « Points », n° P2840

Le Banc de touche
(avec Clément C. Fabre)
Vraoum !, 2012

LIVRES POUR LA JEUNESSE

Le Garçon de toutes les couleurs
L'École des loisirs, 2007

Juke-box
(collectif)
L'École des loisirs, 2007

Je suis un tremblement de terre
L'École des loisirs, 2009

Conversation avec un gâteau au chocolat
L'École des loisirs, 2009

Traité sur les miroirs pour faire apparaître les dragons
L'École des loisirs, 2009

Le Club des inadaptés
L'École des loisirs, 2010

La Bataille contre mon lit
(illustrations de Sandrine Bonini)
Le Baron perché, 2011

Plus tard, je serai moi
Le Rouergue, 2013

Le Zoo des légumes
L'École des loisirs, 2013

SOUS LE NOM DE PIT AGARMEN

La nuit a dévoré le monde
Robert Laffont, 2012

RÉALISATION : NORD COMPO À VILLENEUVE-D'ASCQ
IMPRESSION : CPI BRODARD ET TAUPIN À LA FLÈCHE
DÉPÔT LÉGAL : JANVIER 2014. N° 115549 (3002719)
IMPRIMÉ EN FRANCE

Éditions Points

Le catalogue complet de nos collections est sur Le Cercle Points, ainsi que des interviews de vos auteurs préférés, des jeux-concours, des conseils de lecture, des extraits en avant-première...

www.lecerclepoints.com